쉿!

심강우 동시집

푸른사상 동시선 31

쉿!

인쇄 · 2016년 11월 25일 | 발행 · 2016년 11월 30일

지은이 · 심강우
펴낸이 · 한봉숙
펴낸곳 · 푸른사상

주간 · 맹문재 | 편집 · 지순이 | 교정 · 김수란
등록 · 1999년 7월 8일 제2-2876호
주소 · 경기도 파주시 회동길 337-16(서패동 470-6) 푸른사상사
       서울시 중구 을지로 148 중앙데코플라자 803호
대표전화 · 031) 955-9111(2) | 팩시밀리 · 031) 955-9114
이메일 · prun21c@hanmail.net / prunsasang@naver.com
홈페이지 · http://www.prun21c.com

ⓒ 심강우, 2016

ISBN 979-11-308-1062-1   04810
ISBN 978-89-5640-859-0   04810 (세트)

값 11,000원

표지그림 : 추수연(예산 예산초 4학년)

푸른사상
동시선

31

쉿!

심강우 동시집

푸른사상
PRUNSASANG

마음이란 말, 참 쉽고도 어려운 말이에요.

마음이 내게만 있는 게 아니란 걸 잊을 때가 많답니다.

동생에게 툭하면 심술을 부리는 아이는 어떤 마음일까요?

지갑이 텅 빈 엄마에게 비싼 신발을 사 달라고 떼를 쓰는 아이의 마음은요?

한 친구를 따돌리기 위해 둥글게 모여 속닥거리는 마음들은 뭘까요?

우린 알고 있답니다. 마음은 내게도 있지만 상대에게도 있다는 걸.

그런데도 왜 부끄럽거나 화나는 일이 생길까요?

한마디로 말해 그건 내 마음을 더 소중히 여기기 때문이에요.

오해하지 말기 바랍니다. 내 마음은 소중한 거 맞아요. 그럼요. 자신의 마음을 스스로 깔보는 사람은 못난이 중에서도 왕못난이예요.

문제는 내 마음을 더 소중히 여긴다는 거예요. 밑줄 친 말에서 '더'를 빼고 읽어 보세요. 내 마음을 소중히 여긴다. 어때요, 그 차이를 알겠어요?

상대의 마음보다 내 마음을 **더** 소중히 여기는 자세는 자칫 상대를 업신여기는 자세로 굳어지기 쉽답니다.

여러분이 이 동시집을 읽고 내 마음과 상대 마음을 똑같이 소중히 여기는 자세를 가지면 좋겠습니다. 마음은 보이지 않는 선으로 연결돼 있답니다. 별들이 모여 은하수가 되고 은하수가 모여 우주를 이루는 것처럼 말이죠. 따로 떨어져 빛나는 것처럼 보이지만 별들은 서로의 힘에 기대어 돌고 있어요. 만약 달이 망가지거나 사라진다고 생각해 보세요. 우리가 사는 지구는 큰 혼란에 빠질 거예요. 밀물과 썰물도 없어지고 계절도 엉망이 될 테니까요. 서로를 위하는 마음이 줄기를 이루고 싱그러운 이파리를 달고 마침내 보석처럼 아름다운 사랑을 꽃피우는 세상! 이 동시집이 그런 세상을 만드는 데 필요한 씨앗이 되기를 바랍니다.

2016년 11월
심 강 우

| 차례 |

제1부

정예서(군포 능내초 3학년)

제2부

| 차례 |

제3부

제4부

박세은(군포 곡란초 2학년)

헛디디는 것도 디디는 것 중 하나이다

제1부

그 아이와 나

그 아이에게 좋아한다고 말했습니다
그 아이는 싫다고 말했습니다

나는 그래도 좋다고 했습니다
그 아이는 그래서 싫다고 했습니다

내가 귀찮은지 그 아이는
싫은 이유를 다섯 가지 적어 주었습니다
밤늦도록 끙끙거리며
그 아이가 좋은 이유를 생각했습니다

다음 날 수업을 마치고
또박또박 쓴 편지를 건넸습니다

그 다음 날 아침
복도에서 그 아이가 불렀습니다
내가 편지에 쓴, 좋아하는 이유에 대해
물었습니다. 정말이냐고 물었습니다

그 아이와 나는 그날부터 친구가 되었습니다
그 아이가 좋은 이유를 오십 가지나 쓴 보람이 있었습니다

김사랑(군포 곡란초 2학년)

내 친구 곰철이

미련하게 생겼다고,
허리와 다리가 굵다고 아이들은
종철이를 곰철이라고 놀린다
나도 곰철이라 부를까 하다가
짝꿍이니까 참았다

육교 계단에서 할아버지가
짐 꾸러미를 들고 씨름하신다
허리와 종아리가 노루처럼 가늘다
종철이는 신발주머니를 내게 맡기고
할아버지를 돕는다

건너편 인도까지
낑낑 짐 꾸러미를 옮긴
종철이를 할아버지가 안아 주신다
가느다란 팔 안에 갇힌
버둥거리는 곰 한 마리!

나도 모르게 킥킥거린다

이제 보니 노루와 곰도
잘 어울리는 한 쌍이다

교과서에는 없는 풍경이다

다람쥐 식구가 늘었으니

도토리를 줍는 할머니를
나무 위에서 다람쥐가 내려다본다
할머니는 도토리를 줍다 말고
다람쥐를 올려다본다
알았다, 알았어
할머니, 도토리 다섯 개를 내려놓는다
다람쥐, 눈을 똥그랗게 뜨고 바라본다
그래, 내가 생각해도 좀 적다
할머니, 이번엔 열 개를 내려놓는다
그래도 다람쥐는 자리를 떠나지 않는다
오냐, 내가 욕심이 많았다
할머니, 한 줌 더 내려놓고 일어선다
할머니, 왜 그래? 힘들게 주워 놓고선!
듣겠다, 할머니가 가만히 내 입을 막는다
다람쥐 식구가 늘었다, 그리 알아라

박세은(군포 곡란초 2학년)

굴뚝

나보고 들창코라고 놀린다
콧구멍이 까매지도록 밤낮
한자리에 서 있다고 비웃는다

내 코가 막히면
콜록콜록 기침하고
눈알 빨개져서 발 동동 구를 거면서

콧대 높은 게 다 이유가 있다고 칭찬할 거면서

자국

학교에 갈 때
집에 올 때
그렇게 걸었는데도
아스팔트 콘크리트 길은
자국이 남지 않아요
돌아보면
풀풀 먼지만 피어나요
몇 년을 같이 살아도
서로의 가슴에 새겨지지 않는
우리 아파트 주민들처럼,
허허, 호호 피워 올리는
메마른 웃음처럼

저팔계를 먹지 마요

한 손엔 쇠스랑을 들고
또 한 손엔 맛있는 갈비를 든 저팔계가
쩝쩝 입맛을 다시는 그림이었어요
저팔계가 나오는 만화 영화를
스무 번도 더 본 민수는
한참 동안 간판을 올려다보았지요

삼장 법사같이 인자하게 생긴 아저씨가
민수네 가족을 맞이했어요
주문을 받으러 온 아주머니에게
아빠가 돼지갈비 6인분을 시켰어요
난 저팔계가 먹는 거 먹을 거야
민수의 말에 모두가 눈을 동그랗게 떴어요
그리고 고개를 갸웃거렸지요
누나가 킥킥거리며 놀렸어요
저팔계가 먹는 거라니,
바보야, 우린 이제 저팔계를 먹을 거야

돼지갈비집 사장님은

민수네 가족이 주문을 취소하고 떠난 뒤
밖으로 나와 간판을 올려다보았어요
"저팔계를 먹지 마요."
울먹거리며 떼를 쓰던 꼬맹이의 얼굴이
저팔계의 얼굴 위에 겹쳐졌어요

이지현(군포 곡란초 2학년)

고물상 박 할아버지

날이 저물도록
비가 그치지 않는다
고양이 가족,
고물 자동차 밑에서
나올 줄 모른다

문 잠그고 나온
고물상 박 할아버지
차에 오르다 말고
아래를 살핀다

야오옹……

갓 태어난 새끼 고양이 두 마리
어미 고양이 품에 안겨 있다
박 할아버지, 어미 고양이와
눈이 마주친다

야오옹……

박 할아버지,
자동차 문을 잠그고
버스를 타러 간다

75세 고물 몸뚱이의 걸음이
고양이 걸음처럼 가볍다

거울

정희가 놀라자
보람이도 놀란다
왜, 무슨 일 있니?

상철이가 킥킥거리자
형우도 덩달아 웃는다
야, 그만 좀 웃겨라

강아지가 마루에 응가를 하자
엄마와 아빠는
마주 보고 얼굴을 찌푸린다
서로서로 거울이 된다

울고 있는 친구를 보고도
헤헤거리는 저 아이,
절룩거리는 강아지를
툭툭 차는 저 친구,
저 거울은 뭘까?

어떤 거울일까?

음······ 알 것 같다
저것은 불량 거울이다
바탕이 고르지 못해
뭘 봐도 일그러지는

입조심 말조심

선생님은 영어책을 펴면
민수부터 보신다
민수는 영어 시험에서 일등을 도맡아 한다
선생님은 음악 얘기가 나오면
현정이를 보며 자주 웃으신다
현정이는 피아노 경연 대회에서 일등을 했다
선생님은 체육 시간만 되면 준호를 찾으신다
준호는 축구부 주장이다
선생님은 무거운 걸 옮길 일이 있으면
어김없이 내 이름을 부르신다
잘하는 게 뭐냐고 물었을 때
힘이 세다고 했다
피자나 치킨 먹는 거라고 할걸

김성민(예산 평촌초 5학년)

목욕탕에서

책상 아래 떨어진 쓰레기를
제때 치우지 않았다고
화장실 청소와 신발장 정리를 시키신
담임 선생님을 어제 만났어
코밑에 난 까만 점이 아니었으면
몰라볼 뻔했지 뭐야

선생님 머리가 훌러덩 벗겨지고 없는 거야
언제나 영화배우처럼 멋있게
빗어 넘긴 머리가 온데간데없는 거야
선생님이 대머리인 줄 어떻게 알았겠어?
그건 아무도 몰랐던 사실이야

옷을 갈아입고 선생님이 사 주신
구운 계란을 먹다가 바닥에 마구 흘렸어
습관처럼 그냥 두고 일어섰는데
내가 흘린 것들을 선생님이
조심조심 치우시는 거 있지?

그것도 인자하게 웃으시면서 말이야

그때 난 깨달았던 거야
비밀은 선생님보다 무섭다는 걸

쓰레기장에서

고양이가 깜짝 놀란다
나도 화들짝 놀란다
아파트 쓰레기장이다
고양이의 입가에 음식물이 묻어 있다

고양이와 나는
가만가만 눈치 보면서 자리를 피한다

고양이는 쑥스러워서
나는 미안해서

환경 미화원 아저씨의 마음

씽씽
부는
바람에
길바닥에
떨어진
담쟁이덩굴
여린 손,
가만히
집어
엄마 손에
쥐여 주는

정인경(군포 궁내초 3학년)

31

디딘다는 것

이슬은
나뭇잎을 딛고
뿌리를 적시고
소금쟁이는
물을 딛고
먹이를 찾아간다
새는
바람을 딛고
하늘 높이 날고
낙타는
뜨거운 모래를 딛고
사막을 건넌다

우리는
계단을 딛고
2층 교실로 올라가
책을 편다
선생님을 딛고

쑥쑥

생각을 키운다

운동장을 딛고

부모님 말씀을 딛고

웃음을 딛고

눈물을 딛고

높이높이

저마다의 꿈에 이른다

우리는 모두

뭔가를 딛고 간다

헛디디는 것도

디디는 것 중 하나이다

물에 젖은 나비

민희는 나비를 좋아해요
밖에서 비를 만나
셔츠가 흠뻑 젖었어요
민희는 셔츠를
창가에 걸어 두었어요

셔츠에 그려진
나비 날개가
오글쪼글 말라 갔어요

다시 날 수 있을 것 같았어요

그때 불쑥 나타난 엄마가
나비 셔츠를
막 돌아가기 시작한
세탁기에 넣었어요

나비는 회오리 물살에 빠진 거였죠

엄마가 새 셔츠를 주었지만

민희는 받지 않고 울먹였어요

엄마 눈에는 나비가 된 그림이에요
민희 눈에는 그림이 된 나비예요

김지온(군포 곡란초 2학년)

가족은 자물쇠도 필요 없단다

제2부

빵, 너 때문이야

누나가 나를 혼낸다
너, 왜 내 빵 훔쳐 먹었니?
아빠가 누나를 혼낸다
그깟 빵 하나 먹었다고 그러니?
엄마가 아빠를 혼낸다
세 살 버릇 여든까지 간다는 말 몰라요?
할아버지가 신문을 읽다가 우리를 혼낸다
아침부터 왜 이리 시끄러운 게냐?
엄마가 아빠를 흘겨본다
아빠가 누나에게 눈치를 준다
누나가 나를 째려본다
나는 내 배를 내려다본다
빵이 보이지 않는다

김수진(군포 곡란초 2학년)

나는 어쩌라고

중간이라고,
물을 마실 때도
중간쯤 있을 때가
마시기 딱 좋다고,
엎지를 위험도 없다고,
시험지를 든 채
쫑알거리는 형에게

어째서 그러냐고
컵에 가득 차야
양껏 마시지 않느냐고,
엎지를 걱정부터 하느냐고,
시험지를 빼앗아 흔드는 엄마

시간이 지나면서
형, 눈 내리깔고
고개 숙이고
마침내
꼬리 내리는 국어 50점

슬금슬금

뒷걸음치는 내 컵의 물,

쏟아져도 젖지 않을

국어 30점

김채언, 김민지(예산 예산초 4학년)

모기 창이 더 세다

모기 잡는다고
휙휙

칼을 휘두르느라
지쳤나 보다

동생의 몸
여기저기
찔린 자국
빨갛게 부풀었다

모기가 가진 창이
더 센 모양이다
장난감 칼을
떨어뜨리고
두 팔 번쩍
항복한 자세로
자는 내 동생

이희연(군포 능내초 2학년)

쉿!

앗,
또 손님이 왔다

엄마가 입술에
손가락을 댄다
얌전히 놀라고
조용히 놀라고

조금만 소리 내어 웃어도 쉿!
장난감을 떨어뜨려도 쉿!
어항 뚜껑을 열어도 쉿!
쪽쪽, 빨대로 주스를 마셔도 쉿!

오줌 누러 들어가서
나도 모르게 엄마 흉내를 낸다

쉿!
쉿!

슬그머니

톡톡톡톡
툭툭툭툭
엄마 손에서
계산기 두드리는 소리가 커지는 건
돈이 부족하다는 것,
그때부터 아빠가
슬그머니
설거지해야 한다는 것

꼬깃꼬깃
꾸깃꾸깃
동생 손에서
공책 구기는 소리가 커지는 건
문제 풀이가 힘들다는 것,
이제부터 내가
슬그머니
자는 척해야 한다는 것

무서운 지진

지진이 나면
땅이 갈라지고
바닷물이 넘친다

화가 나면
목소리가 갈라지고
감정이 넘친다

우리 엄마 아빠는
가끔 지진을 일으킨다

아침 햇살과 저녁노을에 금이 간다

갈라진 틈새로 나와 동생이 빠진다
한 번 빠지면 좀체 나오기 어렵다

119 대원도 구조할 수 없는 무서운 지진이다

정하진(군포 곡란초 2학년)

할머니와 선풍기

털털털
한 시간째
팔을 휘두르며
달리는 선풍기
가만히 목덜미를
쓰다듬는 할머니

열이 많이 나는구나! 좀 쉬게 하렴
마지못해 스위치를 끄는 오빠

돌아가신 할아버지가
사 주셨다는
20년도 더 된 고물 선풍기
고개를 꺾고 잠들었는데

할머니는 선풍기를
할아버지로 착각하셨는지
물에 적신 수건을 꼭꼭 짜서
목덜미에 걸쳐 놓는다

비겼어요

엄마가 좋으니
아빠가 좋으니
엄마가 물을 땐 엄마
아빠가 물을 땐 아빠
그렇게 대답하면
엄마 아빠는
그럼 그렇지,
흐뭇한 표정을 짓는다

엄마 아빠는
비겼다는 사실을 모른다
엄마가 물을 땐 아빠
아빠가 물을 땐 엄마

미안해하며 떠올렸으니까

분리 수거

엄마가 시킨 대로
재활용품을 분리했습니다

유리병 뚜껑은?
안경다리와 지우개 도막은?
신문지에 붙은 밥알은?
종알종알 동생은 귀찮게 물었습니다
형아, 깡통에 담긴 흙도 버려야 해?
꿀밤을 먹이려다가 슬그머니 손을 내렸습니다

뾰족, 고개를 내민 연둣빛이 보였습니다
손톱만 한 풀잎!

동생과 나는
풀잎을 화단에 옮겨 심었습니다
풀잎은 풀잎끼리
깡통은 깡통끼리,
분리 수거가 참 잘 되었다고
동생이 히죽 웃었습니다

나도 씩 웃어 주었습니다

언젠가 울었던 마음 곁에
웃음을 분리 수거해 두었습니다

종이 유리 플라스틱 병

박승준(군포 오금초 4학년)

가족

우리 아빠는 집이 없습니다
엄마도 집이 없습니다
아빠 엄마가 집이 없으면
당연히 나와 동생도
집이 없겠지요

그런데 아빠는 항상
아빠에게는 아내가 있고
딸이 둘이나 있다고 말합니다
집은 빌릴 수 있지만
가족은 빌릴 수 없다고 말합니다

가족은 자물쇠도 필요 없단다

그럴 때 꼭 끼어드는
엄마의 말입니다

가족

이지윤(군포 곡란초 2학년)

강물이 엄마 등으로 보일 때

흘러가는 강물이
엄마 등으로 보여요
한여름의 땡볕
한겨울의 눈보라
아무리 힘들어도
등을 돌리지 않는
엄마 마음으로 읽혀요

어쩌다
뿌리째 넘어진
나무가 슬픔에 잠겨
무거워질 때도
강물은
등을 돌리지 않아요
업힌 것들이
바둥바둥
앙탈을 부리면

붉으락푸르락 넘칠 때도 있지만요

강물이 바다에 다다른 건
등에 업힌 것들 덕분이에요

내 동생이 앙앙 울 때
더 힘을 내는 엄마를 보면 알 수 있죠

연주회

타닥탁탁
스윽슥슥
콩콩콩콩
도마 위에서
연주가 시작되지요
쏴아
쏴아
수돗물이
간주를 넣고요
보글보글
지글지글
후렴구가 따라와요

달그락
달그락
냄비 뚜껑
장단에 맞춰
고소한 음표
솔솔
침이 꼴깍

코가 벌름

우리 가족은
날마다 엄마가 펼치는
연주회에 참석해요
냠냠
후루룩
짭짭
맛있게 합창하지요

박서연(예산 예산초 2학년)

57

아빠가 더 좋은 이유

수업 시간에
몰래 동화책을 읽다
선생님께 혼났다고 했더니

엄마는 다짜고짜
그런 짓 하면 못써!
수업에 충실해야지!

아빠는 고개를 끄덕끄덕,
무슨 동화책 읽었니?
주인공이 누구니?
무서운 얘기니 웃기는 얘기니?
수학책보다 재밌었니?
그림도 있었니?
평소 그런 얘기에 관심이 많았니?
그래서 본 거야?

그리고 맨 나중에,

그래도 수업 시간에 보는 건 참아야 할 거야
다들 동화의 세계로 떠나면
교실에 혼자 남은 선생님은 얼마나 외롭겠니?

넘어져도 깨어져도 부딪쳐 보라는 아빠의 마음

제3부

산에 올랐다

성적표를 받은 날
아빠 따라 산에 올랐다
나무마다 꽃이 활짝 피어 있었다
모양도 다르고 색깔도 달랐다
나무들이 받은 성적표였다
고개 숙인 나무는 하나도 없었다

저만치서 여름이 다음
시험 문제를 낼 준비를 하고 있었다

이지윤(군포 곡란초 2학년)

사 형제가 헤어진 이유

사 형제 중 장남인 겨울이
세 동생을 불러 모았어요

먼저 봄에게
예쁜 척하지 말라고 했어요

여름에게는
까불지 말라고 했어요
철썩철썩 요란한 파도타기나
우렁찬 계곡의 목소리가
귀에 거슬린다고 했어요

마지막으로 가을에게는
넉넉한 들판의 자루와
새파란 하늘 보자기를 믿고 여기저기
인심을 쓰는 모습이 눈꼴시다고 말했어요
봄 여름 가을은 그때부터 형을 피해 다녔어요

겨울은 늘 씩씩거리며 다녔어요
찬바람만 그의 친구였어요
겨울이 몸살로 앓아 누우면 봄은 그제야

뾰족 고개를 내밀었어요

추운 밤, 숲 속에서 우우우 들려오는 바람 소리나
덜컹거리는 창문 소리는 겨울이 숨은 동생들을
찾지 못해 신경질을 내는 소리예요

박세은(군포 곡란초 2학년)

함박눈

어느 결에
산마루가 지워졌다
지붕이 지워지고
돌담이 지워지고
저수지 둑길이 지워졌다
새들이 지워지고
느티나무가 지워지고
너구리 똥이 지워졌다
간밤에 아웅다웅 다투었던
누구누구의 이야기
우지끈 부러진
담 너머로 뻗대는 마음마저
하얗게
하얗게
지워졌다
인간의 주소
짐승의 주소
구분할 수 없다

모든 걸 새롭게
그려 보라고
이른 아침
하늘에서 새 도화지
펼쳐 놓았다

비행장이 운동장으로 변했어요

뒷산의 나무가 부러진 채 누워 있었어요
새들이 떠났다는 건
나무가 더 이상 비행장이 아니란 뜻이에요
겨울이 두 번쯤 지나갔을 거예요
썩은 나무껍질 사이로 애벌레들이 보였어요
깨알 같은 신발을 신고 허리굽혀펴기 운동을 하고 있었어요
꼼작꼼작 달리기 경주를 하다 자빠진 녀석도 있었어요
애벌레들이 그런다는 건
나무가 운동장이 되었다는 뜻이에요
번쩍거리는 번개는 알고 보면 톱질을 하는 거예요
쿵쿵거리는 천둥은 망치질을 하는 거고요
천둥 번개가 치는 날 그날은
운동장을 만드는 공사가 시작된 날이에요

한나겸(예산 예산초 3학년)

고래 달력

때가 되면
엄마는 달력을 넘긴다
달력의 그림만 봐도
계절을 알 수 있다

엄마가 바빠지면서
석 달째
유채꽃 밭에서 붕붕거리는
꿀벌도 지쳤는데

조금만 걸어도 땀이 나던 날
우리 가족은 오랜만에 여행을 떠났다
배를 타고 먼바다로 나갔다

엄청나게 큰 고래를 만났다

고래가 솟구치자
바다가 갈라지고 물보라가 일어났다

고래는 엄청 두꺼운 파도를 단숨에 넘겼다

여름이 시작되었다

개울은 착하다

개울은 등이 있다
개울은 뭔가를 업고 간다

짝을 잃은 신발
엄마 손을 놓친 나뭇잎
미끄러진 달빛 별빛
동동 업고 흘러간다

개울이 가장 좋아하는 건
쪼르르 달려와 업히는
동네 꼬맹이들이다

둥실둥실 종이배와도 친한
착한 개울은

꽁꽁
얼음 표정을 짓던
지난겨울에도
속으로는 물고기들을
돌보고 있었다

잠수함을 만난 아기 고래

남극으로 가다 만난
엄마보다 훨씬 크고 까만 고래
고래 아저씨, 안녕!
아기 고래가
지느러미를 흔들었지만
본 체 만 체 지나간다
울상을 짓는 아기 고래

엄마, 고래 아저씨 화났나 봐
엄마 고래가 머리를 흔든다

얘야, 고래 아저씬 병이 나서 말할 힘도 없단다
그걸 어떻게 알아?
보렴, 지느러미를 꼼짝도 못 하잖니

갈매기는 과자를 좋아해

통통통
배가 출발하기 무섭게 나타난 갈매기들

공중에 과자를 던지면
번개같이 채 가는 갈매기들

과자 봉지 빌 때까지
끼룩끼룩 보채며 따라오는 갈매기들

저러다 바다를 잊어버리겠다
바다가 푸른 봉지로 보이겠다

어쩌다 찢어진 틈새로 보이는 물고기들,
푹 젖어 뭉그러진 물고기 과자로 보이겠다
유통 기한 지난 과자라고 외면하겠다

김태경(군포 수리초 2학년)

가을 식탁을 떠나는 거인

산을 넘고
바다를 건너
노란 잇몸을
드러내고
쿵쿵쿵
차가운 콧김 뿜으며
산등성이를 내려온

우적우적
씹을 때마다
목덜미가 빨개지는

갈 길 급한
거인의 식탁은
저 산뿐일까?

울긋불긋
비빈 마음

후딱 먹고
일어선 거인

기러기가 물고 온
파란 하늘 한 장으로
쓱쓱 입을 닦고

쿵쿵쿵

다음 계절에선
어떤 색으로
식탁을 차리려는 걸까?
주머니에 삐죽 꽂힌 단풍은
누가 준 차표일까?

파도

넘어져도
깨어져도
나아간다

절벽이 가로막는다
쉼 없이 두드린다

출렁출렁
철썩철썩

바닷가에 가면
바다의 마음을
읽을 수 있다

넘어져도
깨어져도
부딪쳐 보라는
아빠의 마음

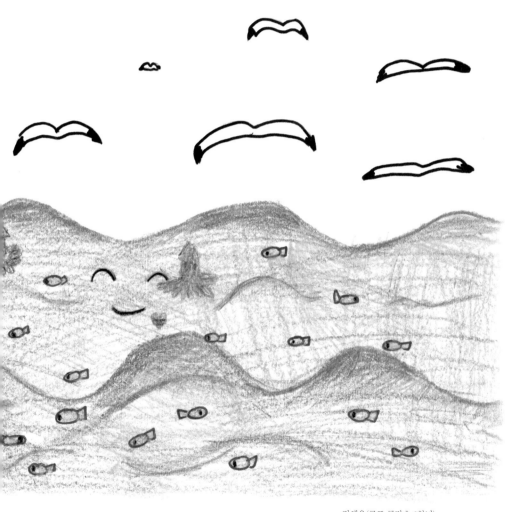

김해율(군포 곡란초 2학년)

풀의 집

버려진
저 신발
풀의 집 되었네
바람이
크기를 재고
햇빛과
빗물은
뒤축을 꺾어
계단을
만들어 주었네

풀들이
방 청소를 하네
아직 남은
발 냄새
푸르게 푸르게
털고 있네

할머니 고구마

병에 담긴 고구마
쑥쑥
줄기를 뻗었다

창틀에 한 발을
올려놓더니
어느새 벽을 타고
선반을 지나
벽시계를 감았다

줄기와 잎사귀가
자라는 동안
병에 담긴 고구마
쪼글쪼글해졌다
볼이 홀쭉해졌다

할머니 고구마라고
이름 지었다

애벌레가 사는 방

한 입 베어 먹은 사과에
작은 구멍이 나 있다
애벌레가 바깥을 기웃거렸다
알고 보니 애벌레의 방이었다
애벌레가 사는 방의 문을
와작와작 씹어 삼킨 것이다

방문을 새로 달아 주려고
멀쩡한 사과를 두 개나 조각냈다

김수연(군포 오금초 4학년)

숲을 지키는 무사

뾰족뾰족한
창을 가진 침엽수

넓적넓적한
방패를 가진 활엽수

둘 다
숲을 지키는 무사야

팔랑팔랑
방패가 떨어지는 건
겨울에게
항복했다는 신호야

푸릇푸릇
창이 빛나는 건
항복하지 않고

숲을 지키겠다는 신호야

알록달록
투구를 쓴
봄의 지원병이
올 때까지
꼿꼿이 마음 벼리고

겨울을 이기겠다는 다짐이야

아, 자기 자신이 가장 큰 보물이구나!

제4부

내 마음도 토란잎처럼

비가 와도
토란잎은 젖지 않는다

토독톡톡
톡톡톡톡
톡톡토독
톡톡톡톡

물방울을 머금을 뿐
끝끝내 젖지 않는다

내 마음도
저랬으면!

나쁜 일
무서운 일
또르르
떨구었으면,
스미지 않았으면!

김시현(군포 태을초 4학년)

생각의 차이

물방울의 생각

똑
똑
똑
쉼 없이 부딪쳐
마침내 구멍을 냈다
나보다 백 배 천 배는 단단한
바위도 내 끈기와 용기에 굴복했다
이래도 바위가 나를 깔볼까?
바위 속에 꼭 물길을 내고 말 테다
나는 결코 약한 존재가 아니다

바위의 생각

똑
똑
똑

오랜 시간

눈물 떨구는 모습이 가여워

방 한 칸 내주었다

물방울의 몸에 꼭 맞는

둥글고 예쁜 방을,

그런데도 물방울은 앙탈을 부린다

방을 넓히겠다고

지하실까지 짓겠다고

틈만 나면 찾아와 보챈다

계단

내려갈 때가
쉽다는 말
믿지 못하겠어요

중간에 서서
올라갈까
내려갈까
망설인 적이
한두 번이 아니에요

올라가면
숙제를 해야 해요
내려가면
친구를 만날 수 있어요

백 번도 더
오르내렸을 거예요

내 마음의 계단

강혜성(예산 예산초 5학년)

유리창

호호 입김 불어
유리창을 닦습니다

비뚤게 닦으면 비뚤게
바르게 닦으면 바르게

마음처럼
하늘이 드러납니다

정성껏 닦다 보면
깊은, 맨 처음 싹튼 마음처럼
깨끗이 닦일 거라는

조금만 더
조금만 더
선생님 말씀을 닦다 보면

어느새

뽀드득 소리 날 듯한

마음 깊은 곳에
내가 서 있습니다

거짓말을 하면

거짓말을 숨기느라
너는
마음이
뚱뚱해졌다
홀쭉해졌다
제멋대로 변하겠지
눈빛은 체중계 바늘처럼
마구 흔들릴 거야
그때 살며시
네 손을 잡을 거야
내 마음의 체중을 실어
네 눈을 들여다볼 거야
가만히 기다릴 거야
우리 둘의 눈빛이
체중계 바늘처럼
한 곳에 멈춰
파르르 떨리는 순간을

정지원(예산 예산초 2학년)

양파

양파 속에는
무슨 보물이 숨겨져 있을까

한 꺼풀 까면
나오는 양파
또 까면
또 나오는 양파
자꾸 까도
자꾸 나오는 양파
아무리 까도 양파
마지막으로 깐
가장 깊은 속에도
변함없이 양파

아,
자기 자신이 가장 큰 보물이구나!

김소은(예산 예산초 2학년)

시간이 모는 삼두마차

서로 어깨를 겯고 뛴다
다른 곳을 보지 못한다
맘대로 쉬지 못한다
24시간 내내
한 방향으로만 달린다

시계는
시간이 모는 삼두마차다
시침
분침
초침
세 필의 말에 재갈을 물렸다

가끔
어깨가 빠지거나
다리를 절룩거릴 때가 있다
아예 주저앉을 때도 있다
그래도 문제가 없다

세상에는
그런 마차가 셀 수 없이 많다

공통점은
부자가 모는 마차나
가난뱅이가 모는 마차나
속도가 같다는 사실이다

확대와 축소

동생이 확대와 축소의 뜻을 물었어
스마트 폰에 있는 사진을 보여줬지
동생은 팅커 벨의 날개를 달고
난 피터 팬 모자를 쓰고 있었어

동생이 뿌린 마법 가루를 아주 크게 했어
마법 가루 알갱이가 조약돌만 해졌지
— 이런 걸 확대라고 하는 거야

이번엔 동생 얼굴을 아주 크게 했어
— 코 아래 붙어 있는 게 뭐로 보이니?
동생이 자신 있게 말했어
— 마법 가루!

고개를 젓고는 그것의 크기를 확 줄였어
— 이런 걸 축소라고 하는 거야. 이제 뭐로 보이니?
동생이 고개를 갸웃거렸어
— 코딱지야!

동생은 우느라고
근사하게 확대한 날개는 보지도 않았어
동생 울음은 축소할 수 없었지

정인경(군포 궁내초 3학년)

화분 받침대가 된 나무 도마

귀가 떨어져 나간 도마 위에
화분이 놓였습니다
봄비가 그치고 머리 위에서
끙끙 힘주는 소리가 들렸습니다
맑은 피 흐르는 소리도 들렸습니다
몇 날 몇 밤이 지났을까요,
아침 일찍 나비가 찾아왔습니다
도마는 그제야 알았습니다
칼이 없는 세계에서는
피가 꽃을 피운다는 걸

균형을 잡는다는 것

어어,
자전거가 기울면
넘어지는 쪽으로
어깨를 기울여
중심을 잡는다

톡톡,
빗방울이 떨어지면
아픈 쪽으로
잎사귀를 숙여
몸을 보호한다

넘어지거나
아픈 쪽에
마음을 더 쓴다는 것

균형을 잡는다는 것

정글의 법칙

수학 학원 다음엔 영어 학원
부릉부릉 시동 건 영어 단어집
두 개를 외우면 세 개를 까먹고
세 개를 외우면 두 개를 까먹는
마음처럼 덜컹거리는 승합차
털북숭이 거미가 짜 놓은 시간표
재시험 걸려 돌돌 말릴지도 몰라
내리자마자 종종걸음을 놓던
그때 코코넛 크랩의 집게발이, 아니
떡볶이 냄새가 발목을 잡는다
어묵 국물 마시다 입천장 데고
매운맛 단어 뒤죽박죽 버무려져
수업 시간 내내 알알한데
내 영어 발음이 이상한지
끽끽, 들려오는 원숭이 웃음소리
아아아아아~
이럴 때 타잔이 나타나야 하는데

타잔 좋아하고 있네

타, 잔소리 말고! 바이올린 늦겠다
단 한 방으로 타잔을 잠재운 엄마
나를 묶어 정글을 헤쳐 간다

▶코코넛 크랩 : 태평양 · 인도양의 열대 섬에 사는 게. 다 자란 것의 몸길이
는 40센티미터에 이른다. 집게발은 지름 2센티미터 정도의 대나무를 끊을
수 있을 정도로 강하다.

이다은(군포 곡란초 2학년)

전파가 없어도

텔레비전은 전파를 받아
영상을 보여 준다고 했다
내가 좋아하는 공포 영화도
전파에 실려 온단다

졸고 있는
앙칼진 고양이

삐죽한 수염에 손을 대는 순간
공포 영화가 시작된다
전파가 없어도
두근두근 생방송으로

가장 무서운 사람

볼록 렌즈를
통과한 빛이
불을 일으킨다

세상에서 가장
무서운 사람은
차가운 눈빛으로
뜨거운 불을
일으키는 사람

활활
태우면서도
렌즈처럼
무표정한 사람

동시 속 그림

김사랑(군포 곡란초 2학년)

박세은(군포 곡란초 2학년)

이지현(군포 곡란초 2학년)

김성민(예산 평촌초 5학년)

정인경(군포 궁내초 3학년)

김지온(군포 곡란초 2학년)

김수진(군포 곡란초 2학년)

김채언, 김민지(예산 예산초 4학년)

이희연(군포 능내초 2학년)

정하진(군포 곡란초 2학년)

박승준(군포 오금초 4학년)

이지윤(군포 곡란초 2학년)

박서연(예산 예산초 2학년)

이지윤(군포 곡란초 2학년)

박세은(군포 곡란초 2학년)

한나겸(예산 예산초 3학년)

김태경(군포 수리초 2학년)

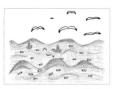

김해율(군포 곡란초 2학년)

김수연(군포 오금초 4학년)

김시현(군포 태을초 4학년)

강혜성(예산 예산초 5학년)

111

정지원(예산 예산초 2학년)

김소은(예산 예산초 2학년)

정인경(군포 궁내초 3학년)

이다은(군포 곡란초 2학년)

추수연(예산 예산초 4학년)

정예서(군포 능내초 3학년)

박세은(군포 곡란초 2학년)